こだまでしょうか、いいえ、誰でも。

――金子みすゞ詩集百選

MPミヤオビパブリッシング

もくじ

こだまでしょうか

「遊ぼう」っていうと
「遊ぼう」っていう。

「馬鹿《ばか》」っていうと
「馬鹿」っていう。

「もう遊ばない」っていうと
「遊ばない」っていう。

そうして、あとで
さみしくなって、

「ごめんね」っていうと
「ごめんね」っていう。

こだまでしょうか、
いいえ、誰でも。

さびしいとき

私がさびしいときに、
よその人は知らないの。

私がさびしいときに、
お友だちは笑うの。

私がさびしいときに、
お母さんはやさしいの。

私がさびしいときに、
仏《ほとけ》さまはさびしいの。

木

お花が散って
実が熟《う》れて、
その実が落ちて
葉が落ちて、
それから芽《め》が出て
花が咲く。

そうして何べん
まわったら、
この木は御用《ごよう》が
すむか知《し》ら。

早春

飛んで来た
毬《まり》が、
あとから子供。

浮《う》いている
凧《たこ》が、
海から汽笛《きてき》。

飛んで来た
春が、
きょうの空　青さ。

浮いている
こころ、
遠い月　白さ。

私と小鳥と鈴と

私が両手をひろげても、
お空はちっとも飛べないが、
飛べる小鳥は私のように、
地面《じべた》を速《はや》くは走れない。

私がからだをゆすっても、
きれいな音は出ないけど、
あの鳴《な》る鈴は私のように

たくさんな唄《うた》は知らないよ。
鈴と、小鳥と、それから私、
みんなちがって、みんないい。

こころ

お母さまは
大人《おとな》で大きいけれど。
お母さまの
おこころはちいさい。

だって、お母さまはいいました、
ちいさい私でいっぱいだって。

私は子供で
ちいさいけれど、
ちいさい私の
こころは大きい。

だって、大きいお母さままで、
まだいっぱいにならないで、
いろんな事をおもうから。

白い帽子《ぼうし》

白い帽子、
あったかい帽子、
惜《お》しい帽子。

でも、もういいの、
失《な》くしたものは、
失くしたものよ。

けれど、帽子よ、
お願《ねが》いだから、
溝《みぞ》やなんぞに落ちないで、
どこぞの、高い木の枝に、
ちょいとしなよくかかってね、
私みたいに、不器《ぶき》っちょで、
よう巣《す》をかけぬかわいそな鳥の、
あったかい、いい巣になっておやり。

白い帽子、
毛糸の帽子。

失《な》くなったもの

夏の渚《なぎさ》でなくなった、
おもちゃの舟は、あの舟は、
おもちゃの島へかえったの。
　月のひかりのふるなかを、
　*なんきん玉の渚まで。

いつか、ゆびきりしたけれど、
あれきり逢《あ》わぬ豊ちゃんは、

そらのおくにへかえったの。
蓮華《れんげ》のはなのふるなかを、
*天童《てんどう》たちにまもられて。

そして、ゆうべの、トランプの、
おひげのこわい王さまは、
トランプのお国へかえったの。
ちらちら雪のふるなかを、
おくにの兵士《へいし》にまもられて。

失くなったものはみんなみんな、

もとのお家《うち》へかえるのよ。

＊なんきん玉……南京玉。陶製・ガラス製の穴のあいた玉
＊天童……子供の姿をした仏教の守護神や天人

学校

舟でくる子もありました、
峠《とうげ》を越《こ》す子もありました。
うしろは山で蝉《せみ》の声、
まえはつつみで葦《*あし》の風。
田圃《たんぼ》を越えて海がみえ、

真帆《*まほ》も片帆《*かたほ》もゆきました。
赤い瓦《かわら》に、雪が消え、
青いお空に桃《もも》が咲き、
新入生のくるころは、
鳰《*にお》も、*かえろも啼《な》きました。
黒いつつみを背《*せな》におい、
あかい苺《いちご》ももぎました。

赤い瓦の学校よ、
水にうつった、あの屋根よ、
水にうつった、影のよに、
いまはこころにあるばかり。

＊葦……イネ科の多年草
＊真帆・片帆……真帆は船首に対して直角に、片帆は斜めに張る帆
＊鳰……カイツブリ科の鳥
＊かえろ……かえる
＊背におい……背負う。背中に担ぐ

あの子

——あの子を誰が奪《と》りました。
——あの子は私が呼びました。
——あの子はどこへゆきました。
——私のくにへゆきました。
——あの子はいけない子でしたに。
——あの子はいけない子だけれど、

あの子のかあさま、そこにいて、
あまり待つから、おもうから。

夕《ゆう》顔《がお》

お空の星が
夕顔に、
さびしかないの、と
ききました。

お乳《ちち》のいろの
夕顔は、
さびしかないわ、と

いいました。

お空の星は
それっきり、
すましてキラキラ
ひかります。

さびしくなった
夕顔は、
だんだん下を
むきました。

お魚

海の魚はかわいそう。

お米は人につくられる、
牛は牧場《まきば》で飼《か》われてる、
鯉《こい》もお池で麩《ふ》を貰《もら》う。

けれども海のお魚は
なんにも世話《せわ》にならないし

いたずら一つしないのに
こうして私に食べられる。
ほんとに魚はかわいそう。

月日貝《つきひがい》

西のお空は
あかね色、
あかいお日さま
海のなか。

東のお空
真珠《しんじゅ》いろ、
まるい、黄色い

お月さま。

日ぐれに落ちた
お日さまと、
夜あけに沈《しず》む
お月さま、
逢《お》うたは深い
海の底。

ある日
漁夫《りょうし》にひろわれた、

赤とうす黄の
*月日貝。

*月日貝……海の砂泥底にすむ二枚貝

雛まつり

雛《ひな》のお節句《せっく》来たけれど、
私はなんにも持たないの。
となりの雛はうつくしい、
けれどもあれはひとのもの。
私はちいさなお人形と、
ふたりでお菱《ひし》をたべましょう。

*お菱……菱餅《ひしもち》

雀《すずめ》のかあさん

子供が
子雀
つかまえた。

その子の
かあさん
笑ってた。

雀の
かあさん
それみてた。
お屋根で
鳴《な》かずに
それ見てた。

小さなうたがい

あたしひとりが
叱《しか》られた。
女のくせにって
しかられた。

兄さんばっかし
*ほんの子で、
あたしはどっかの

親なし子。
ほんのおうちは
どこか知ら。

＊ほんの……本当の

にわとり

お年《とし》をとった、にわとりは
荒《あ》れた畑に立って居《い》る

わかれたひよこは、どうしたか
畑に立って、思ってる

草のしげった、畑には
葱《ねぎ》の坊主《ぼうず》が三四本《ほん》

よごれて、白いにわとりは
荒れた畑に立っている

さかむけ

なめても、吸《す》っても、まだ痛《いた》む
*紅《べに》さし指の*さかむけよ。

おもい出す、
おもい出す、
いつだかねえやにきいたこと。

「指にさかむけできる子は、

親のいうことききかぬ子よ。」
おとつい、すねて泣いたっけ、
きのうも、お使いしなかった。
母さんにあやまりゃ、
なおろうか。*

*紅さし指……くすり指。紅をつけるときに用いた
*さかむけ……手の爪の根元の皮膚が裂けた状態
*なおろうか……なおるだろうか

噴水《ふんすい》の亀《かめ》

お宮《みや》の池の噴水は
水を噴《ふ》かなくなりました。

水を噴かない亀の子は
空をみあげてさびしそう。

濁《にご》った池の水の上
落葉《おちば》がそっと散《ち》りました。

海のこども

海のこどもみィつけた、
大きな岩の上に。
にな*の子供みィつけた、
海のこどものなかに。
海のこどもかわいいな、
になのこどもかわいいな。

＊にな……蜷。古くはカワニナ科、現在ではニシキウズガイ科とアツキガイ科の巻貝を指す

はつ秋

涼《すず》しい夕風《ゆうかぜ》ふいて来た。

田舎にいればいまごろは、
海の夕やけ、遠くみて、
黒牛《くろうし》ひいてかえるころ、

水色お空をなきながら、
千羽《*せんば》がらすもかえるころ。

畠《はたけ》の茄子《なすび》は刈《か》られたか、
稲《いね》のお花も咲くころか。

さびしい、さびしい、この町よ、
家と、ほこりと、空ばかり。

＊千羽がらす……深山烏《みやまがらす》。冬鳥として本州西部以南に渡来する

こおろぎ

こおろぎの
脚《あし》が片《かた》っぽ
*もげました。

追っかけた
たまは叱って
やったけど、

しらじらと
秋の日ざしは
こともなく、

こおろぎの
脚は片っぽ
もげてます。

*もげる……ちぎれて落ちる

草原

露《つゆ》の草原
はだしでゆけば、
足があおあお染《そ》まるよな。
草のにおいもうつるよな。

草になるまで
あるいてゆけば、
私のおかおはうつくしい、

お花になって、咲くだろう。

昼の花火

線香《せんこう》花火を
買った日に、

夜があんまり
待ちどおで、*
納屋《*なや》にかくれて
たきました。

すすき、から松、
ちゃかちゃかと、
花火はもえて
いったけど、
私はさみしく
なりました。

＊待ちどお……待ち遠しい
＊納屋……物置小屋

美しい町

ふと思い出す、あの町の、
川のほとりの、赤い屋根、

そうして、青い大川《おおかわ》の、
水の上には、白い帆《ほ》が、
しずかに、しずかに動いてた。

そうして、川岸《*かし》の草の上、

若い、絵《え》描《か》きの小父《おじ》さんが、
ぼんやり、水をみつめてた。

そうして、私は何してた。
思い出せぬとおもったら、
それは、＊たれかに借《か》りていた、
＊御本《ごほん》の挿絵《さしえ》でありました。

＊川岸……川の岸
＊たれ……誰
＊御本……本

灯籠《とうろう》ながし

昨夜《ゆうべ》流した
灯籠は、
ゆれて流れて
どこへ行《い》た。

西へ、西へと
かぎりなく、
海とお空の

さかいまで。
ああ、きょうの、
西のおそらの
あかいこと。

郵便局の椿《つばき》

あかい椿が咲いていた、
郵便局がなつかしい。

いつもすがって雲を見た、
黒い＊御門《ごもん》がなつかしい。

ちいさな白い前かけに、
赤い椿をひろっては、

郵便さんに笑われた、
いつかのあの日がなつかしい。

あかい椿は伐《き》られたし、
黒い御門もこわされて、
ペンキの匂《にお》うあたらしい。
郵便局がたちました。

＊御門……門

色紙《いろがみ》

きょうはさびしい曇《くも》り空《ぞら》
あんまり淋《さび》しいくもり空。

暗《くら》い*はとばにあそんでる
白《しろ》いお鳩《はと》の小さな足に
赤やみどりの色紙を
長くつないでやりましょう

そして一しょに飛ばせたら
どんなにお空がきれいでしょう。

＊はとば……波止場、港

夜《よ》なかの風

夜なかの風はいたずら風よ
ひとり通ればさびしいな。

*ねむの葉っぱをゆすぶろか、
ねむの葉っぱはゆすぶられ、
お舟に乗った夢をみる。

草の葉っぱをゆすぶろか、

草の葉っぱはゆすぶられ、
ぶらんこしてる夢をみる。
夜なかの風はつまらなそうに
ひとりで空をすぎてゆく。

*ねむ……ネムノキ科の落葉高木

昼の電灯《でんき》

子供のいない
子供部屋、
ぽっつり電灯は
さびしかろ。

外には冴《さ》えた
球《たま》のおと、
お窓に明るい

日のひかり。
しずかに蠅《はえ》が
とまってる、
昼の電灯は
さびしかろ。

忘れた唄

*野茨《のいばら》のはなの咲いている、
この草山にきょうも来て、
忘れた唄《うた》をおもいます。
夢より遠い、なつかしい、
ねんねの唄をおもいます。

ああ、あの唄を*うとうたら、
この草山の扉《と》があいて、

とおいあの日のかあさまを、
*うつつに、ここに、みられましょ。

きょうも、さみしく草にいて、
きょうも海みておもいます。
「船は*しろがね、*櫓《ろ》は黄金《こがね》」
ああ、そのあとの、そのさきの、
おもい出せないねんね唄。

*野茨……野バラ　*うとうたら……歌ったら
*うつつ……現実に　*しろがね……銀
*櫓……船をこぎ進めるために船尾に取り付けた用具

大漁《たいりょう》

朝焼《あさやけ》小焼《こやけ》だ
大漁だ
大《おお》羽鰯《ばいわし》の
大漁だ。

浜《はま》は祭《まつ》りの
ようだけど
海のなかでは

何万《なんまん》の
鰯のとむらい*
するだろう。

*とむらい……弔《とむら》い、葬式

秋のおたより

山から町へのお便りは、
「柿の実、栗の実、熟《う》れ候《そうろう》、
ひよどり、鶫《つぐみ》、啼《な》き候、
お山はまつりになり候。」

町から山へのおたよりは、
「燕《つばめ》がみんな、去《*い》に候、
柳の葉っぱが散り候、

さむく、さみしく、なり候。」

＊去に候……去りました

私のお里

母《かあ》さまお里は
山こえて、
桃《もも》の花さく
桃の村。

ねえやのお里は
海越《こ》えて、
かもめの群《む》れる

はなれ島。

私のお里は
知らないの、
どこかにあるよな
気がするの。

夢売り

年のはじめに
夢売りは、
よい初夢《はつゆめ》を
売りにくる。

たからの船に
山のよう、
よい初夢を

積んでくる。

そしてやさしい
夢売りは、
夢の買えない
*うら町の、
さびしい子等《ら》の
ところへも、
だまって夢を
おいてゆく。

*うら町……表通りの裏側の町

天《てん》人《にん》

ひとり日暮《ひぐ》れの草山で
夕やけ雲をみていれば、
いつか参《まい》った寺のなか、
暗い*欄間《らんま》の彩雲《あやぐも》に、
笛を吹いてた天人の、
やさしい眉《まゆ》をおもい出す。

きっと、私の母《かあ》さんも

あんなきれいな雲のうえ、
うすい衣《＊べべ》着て舞いながら、
いま、笛吹いているのだろ。

夕やけ雲をみていれば、
なんだか笛の音がする、
かすかに遠い音がする。

＊欄間の彩雲……天井と鴨居の間の開口部分に彫刻された雲
＊衣……衣服、着物

親なし鴨《かも》

お月さん
凍《こお》る、
枯《か》れ葉にゃ
あられ、*

あられ
降ってはは
雲間《くもま》の

月よ。

お月さん
凍る、
お池も
こおるに、

親なし
子鴨、
どうして
ねるぞ。

＊あられ……霰（直径五ミリ未満の氷粒）

お乳《ちち》の川

なくな、仔犬《こ》よ、
日がくれる。

暮れりゃ
母さんいなくとも、

紺《こん》の夜ぞらに
ほんのりと

お乳の川が
みえよもの*。

＊みえよもの……見えるでしょう

赤いお舟

一本松
一本立って
海みてる、
私もひとりで
海みてる。

海はまっ青《さお》、
雲は白、

赤いお舟は
まだみえぬ。

赤いお舟の
父《とお》さまは、
いつかの夢の
父さまは、
一本松
一本松
いつだろか。

花びらの波

お家《うち》の軒《のき》にも花が散《ち》る。
丘《おか》のうえでも花が散る。
日本中《にっぽんじゅう》に花が散る。

日本中に散る花を
あつめて海へ浮《うか》べましょ。

そして静《しず》かなくれ*方《がた》に、

赤いお船《ふね》でぎいちらこ
色《いろ》とりどりの花びらの
お花の波《なみ》にゆすられて
とおい沖《おき》までまいりましょ。

＊くれ方……夕暮れ

お家《うち》のないお魚

小鳥は枝に巣《す》をかける、
兎《うさぎ》は山の穴に棲《す》む。

牛は牛小舎《うしごや》、藁《わら》の床、
*蝸牛《ででむし》ゃいつでも背負《しょ》っている。

みんなお家をもつものよ、
夜はお家でねるものよ。

けれど、魚はなにがある、
穴をほる手も持たないし、
丈夫な殻《から》も持たないし、
人もお小舎《こや》をたてもせぬ。

お家をもたぬお魚は、
潮《しお》の鳴る夜も、凍《こお》る夜も、
夜っぴて泳いでいるのだろ。

＊蝸牛……でんでんむし、かたつむり
＊小舎……しょうしゃ、小さな家、小屋

日の光

*おてんと様のお使いが
揃《そろ》って空をたちました。
みちで出逢《あ》ったみなみ風、
「何しに、どこへ。」とききました。

一人は答えていいました。
「この『明るさ』を地に撒《ま》くの、
みんながお仕事できるよう。」

一人はさもさも嬉《うれ》しそう。
「私はお花を咲《さ》かせるの、
世界をたのしくするために。」

一人はやさしく、おとなしく、
「私は清《きよ》いたましいの、
のぼる反《そ》り橋かけるのよ。」

残った一人はさみしそう。
「私は『影』をつくるため、
やっぱり一《いっ》しょにまいります。」

＊おてんと様……太陽　＊反り橋……太鼓橋

花屋の爺《じい》さん

花屋の爺さん
花売りに、
お花は町でみな売れた。

花屋の爺さん
さびしいな、
育てたお花がみな売れた。

花屋の爺さん
日が暮れりゃ、
ぽっつり一人で小舎《こや》のなか。
花屋の爺さん
夢にみる、
売ったお花のしあわせを。

ながい夢

きょうも、きのうも、みんな夢、
去年、一昨年《おとどし》、みんな夢。

ひょいとおめめがさめたなら、
かわい、二つの赤ちゃんで、
おっ母《か》ちゃんのお乳《ちち》をさがしてる。

もしもそうなら、そうしたら、

それこそ、どんなにうれしかろ。
ながいこの夢、おぼえてて、
こんどこそ、いい子になりたいな。

ばあやのお話

ばぁ*やはぁあれきり話さない、
あのおはなしは、好きだのに。

「もうきいたよ」といったとき、
ずいぶんさびしい顔してた。

ばあやの瞳《め》には、草山の、
野茨《のいばら》のはなが映《うつ》ってた。

あのおはなしがなつかしい、
もしも話してくれるなら、
五度も、十度も、おとなしく、
だまって聞いていようもの。

＊ばあや……年老いた召使《めしつか》いの女性

燕《つばめ》の母さん

ついと出ちゃ
くるっとまわって
すぐもどる。

つういと
すこうし行っちゃ
また戻る。

つういつうい、
横町《よこちょ》へ行って
またもどる。

出てみても、
出てみても、
気にかかる、
おるすの
赤ちゃん
気にかかる。

しあわせ

桃いろお衣《べべ》のしあわせが、
ひとりしくしく泣いていた。

夜更《よふ》けて雨戸《あまど》をたたいても、
誰も知らない、さびしさに、
のぞけば、暗い灯《ひ》のかげに、
やつれた母さん、病気の子。

かなしく次のかど*に立ち、
またそのさきの戸をたたき、
町中まわってみたけれど、
誰もいれてはくれないと、

月の夜ふけの裏町《うらまち》で、
ひとりしくしく泣いていた。

*かど……門

さよなら

降《お》りる子は海に、
乗る子は山に。

船はさんばしに、*
さんばしは船に。

鐘《かね》の音《ね》は鐘に、
けむりは町に。

町は昼間に、
夕日は空に。

私もしましょ、
さよならしましょ。
きょうの私に
さよならしましょ。

＊さんばし……船を着岸させるために岸から水上に突き出した構築物《こうちくぶつ》

繭《まゆ》と墓《はか》

蚕《かいこ》は繭に
はいります、
きゅうくつそうな
あの繭に。

けれど蚕は
うれしかろ、
蝶々《ちょうちょ》になって

飛《と》べるのよ。
人《ひと》はお墓へ
はいります、
暗《くら》いさみしい
あの墓へ。

そしていい子《こ》は
翅《はね》が生《は》え、
天使《てんし》になって
飛《と》べるのよ。

＊蚕……チョウ目カイコガ科の蛾の幼虫。繭から絹糸を作る

明るい方へ

明るい方へ
明るい方へ。

一つの葉でも
陽《ひ》の洩《も》るとこへ。
藪《やぶ》かげの草は。

明るい方へ
明るい方へ。

翅《はね》は焦《こ》げよと
灯《ひ》のあるとこへ。

夜飛ぶ虫は。

明るい方へ
明るい方へ。

*一分《いちぶ》もひろく
日の射《さ》すとこへ。
都会《まち》に住む子等《ら》は。

*一分……ごくわずか

芝草

名は芝草というけれど、
その名をよんだことはない。

それはほんとにつまらない、
みじかいくせに、そこら中《じゅう》、
みちの上まではみ出して、
力いっぱいりきんでも、

とても抜けない、つよい草。

*げんげは紅《あか》い花が咲く、
すみれは葉までやさしいよ。
かんざし草はかんざしに、
*京びななんかは笛になる。

けれどももしか原っぱが、
そんな草たち*ばかしなら、
あそびつかれたわたし等《ら》は、
どこへ腰かけ、どこへ寝よう。

青い、丈夫《じょうぶ》な、やわらかな、
たのしいねどこよ、芝草よ。

＊げんげ……紫雲英。レンゲソウの別称
＊京びな……ユリ科の多年草。ヤブカンゾウ
＊ばかしなら……ばかりなら

蜂《はち》と神さま

蜂はお花のなかに、
お花はお庭のなかに、
お庭は土塀《＊どべい》のなかに、
土塀は町のなかに、
町は日本のなかに、
日本は世界のなかに、
世界は神さまのなかに。

そうして、そうして、神さまは、
小《ちっ》ちゃな蜂のなかに。

＊土塀……土で築いた塀

夜ふけの空

人と、草木のねむるとき、
空はほんとにいそがしい。

星のひかりはひとつずつ、
きれいな夢を背《せな》に負《お》い、
みんなのお床《とこ》へとどけよと、
ちらちらお空をとび交《か》うし、
露姫《*つゆひめ》さまは明けぬまに、

町の露台《ろだい》のお花にも、
お山のおくの下葉《したば》にも、
残らず露をくばろうと、
銀のお馬車《ばしゃ》をいそがせる。

花と、子供のねむるとき、
空はほんとにいそがしい。

＊露姫……露の精
＊露台……屋根のない台

ぬかるみ

この裏まちの
ぬかるみに、
青いお空が
ありました。

とおく、とおく、
うつくしく、
澄《す》んだお空が

ありました。
この裏まちの
ぬかるみは
深いお空で
ありました。

お菓子

いたずらに一つかくした
弟のお菓子。
たべるもんかと思ってて、
たべてしまった、
一つのお菓子。

母さんが二つッていったら、
どうしよう。

おいてみて
とってみてまたおいてみて、
それでも弟が来ないから、
たべてしまった、
二つめのお菓子。

にがいお菓子、
かなしいお菓子。

花火

粉雪《こなゆき》の晩《ばん》に、
枯《か》れ柳《やなぎ》のかげを、
傘《かさ》さして通る。

夏の夜にあげた、
柳のかげの
花火をふっと思う。

雪ん中へあげる、
花火がほしいな、
花火がほしいな。

粉雪の晩に、
枯れ柳のかげを、
傘さして通りゃ、

遠い日にあげた、
花火の匂《にお》い、
なつかしくにおう。

小さな朝顔

あれは
いつかの
秋の日よ。
お馬車《ばしゃ》で通った村はずれ、
*草屋《くさや》が一けん、竹の垣《かき》。
竹の垣根に空いろの、

小さな朝顔咲いていた。
——空をみている瞳《め》のように。

あれは
いつかの
晴れた日よ。

＊草屋……草ぶきの家

薔薇《ばら》の根

はじめて咲いた薔薇は
紅《あか》い大きな薔薇だ。
　土のなかで根が思う
「うれしいな、
　うれしいな。」

二年めにゃ、三つ、
紅い大きな薔薇だ。

土のなかで根がおもう
「また咲いた、
また咲いた。」

三年めにゃ、七つ、
紅い大きな薔薇だ。
土のなかで根がおもう
「はじめのは
なぜ咲かぬ。」

秋

電灯《でんき》が各自《てんで》に
ひかってて、
各自にかげを
こさえてて、
町はきれいな
*縞《しま》になる。

縞の明るい所には、

浴衣《ゆかた》の人が
三五人。
縞の小暗《こぐら》い所には、
秋がこっそり
かくれてる。

＊縞……筋の模様

土

こッつん　こッつん
打《ぶ》たれる土は
よい畠《はたけ》になって
よい麦生《むぎう》むよ。

朝から晩《ばん》まで
踏《ふ》まれる土は
よい路《みち》になって

車を通《とお》すよ。

打たれぬ土は
踏まれぬ土は
要《い》らない土か。

いえいえそれは
名《な》のない草の
お宿《やど》をするよ。

おてんとさんの唄

日本の旗《はた》は、
　おてんとさんの旗よ。
日本のこども、
　おてんとさんのこども。
こどもはうたお、
　おてんとさんの唄を。
さくらの下で、
　かすみの底で。

日本のくにに、
こぼれる唄は、
　お舟に積んで、
世界中へくばろ。
こぼれるほどうたお、
　おてんとさんの唄を。

さくらのかげで、
　おてんとさんの下で。

夜

夜は、お山や森の木や、
巣《す》にいる鳥や、草の葉や、
赤いかわいい花にまで、
黒いおねまき着せるけど、
私にだけは、できないの。

私のおねまき白いのよ、
そして母《かあ》さんが着せるのよ。

畠《はたけ》の雨

大根《だいこ》ばたけの春の雨、
青い葉っぱの上にきて、
小さなこえで笑う雨。

大根ばたけの昼の雨、
あかい砂地《すなじ》の土にきて、
だまってさみしくもぐる雨。

土と草

母さん知らぬ
*草の子を、
なん千万《ぜんまん》の
草の子を、
土はひとりで
育てます。

草があおあお

茂《しげ》ったら、
土はかくれて
しまうのに。

*草の子……草の種や芽

お日《ひ》さん、雨さん

ほこりのついた
芝草を
雨さん洗って
くれました。

洗ってぬれた
芝草を
お日さんほして

くれました。
こうして私が
ねころんで
空をみるのに
よいように。

星とたんぽぽ

青いお空の底ふかく、
海の小石《こいし》のそのように、
夜がくるまで沈《しず》んでる、
昼のお星は眼にみえぬ。
　見えぬけれどもあるんだよ、
　見えぬものでもあるんだよ。

散ってすがれたたんぽぽの、

瓦《かわら》のすきに、だァまって、
春のくるまでかくれてる、
つよいその根は眼《め》にみえぬ。
　見えぬけれどもあるんだよ、
　見えぬものでもあるんだよ。

花のたましい

散ったお花のたましいは、
*み仏《ほとけ》さまの花ぞのに、
ひとつ残らずうまれるの。

だって、お花はやさしくて、
おてんとさまが呼ぶときに、
ぱっとひらいて、ほほえんで、
蝶々《ちょうちょう》にあまい蜜《みつ》をやり、

人にゃ匂《にお》いをみなくれて、
風がおいでとよぶときに、
やはりすなおについてゆき、
なきがらさえも、ままごとの
御飯《ごはん》になってくれるから。

＊み仏……仏教の開祖。仏陀

木

小鳥は
小枝《こえだ》のてっぺんに、
子供は
木かげの鞦韆《ぶらんこ》に、
小ちゃな葉っぱは
芽のなかに。

あの木は、

あの木は、
うれしかろ。

露《つゆ》

誰《だれ》にもいわずにおきましょう。

朝のお庭《にわ》のすみっこで、
花がほろりと泣《な》いたこと。

もしも噂《うわさ》がひろがって
蜂《はち》のお耳へはいったら、

わるいことでもしたように、
蜜《みつ》をかえしに行《ゆ》くでしょう。

雲のこども

風の子供のいるとこに、
波の子供はあそびます。
波の大人《おとな》のいるとこにゃ、
風も大人がいるのです。
だのに、お空を旅してる、
雲のこどもはかわいそう。

大人の風につれられて、
いきをきらしてついてゆく。

あるとき

お家《うち》のみえる角《かど》へ来て、
おもい出したの、あのことを。
私はもっと、ながいこと、
すねていなけりゃいけないの。

だって、かあさんはいったのよ、
「晩《ばん》までそうしておいで」って。

だのに、みんなが呼びにきて、
わすれて飛んで出ちゃったの。
なんだかきまりが悪いけど、
でもいいわ、
ほんとはきげんのいいほうが、
きっと、母さんは好《す》きだから。

お花だったら

もしも私がお花なら、
とてもいい子になれるだろ。
ものが言えなきゃ、あるけなきゃ、
なんでおいたをするものか。
だけど、誰《だれ》かがやって来て、
いやな花だといったなら、

すぐに怒《おこ》ってしぼむだろ。
もしもお花になったって、
やっぱしいい子にゃなれまいな、
お花のようにはなれまいな。

夜散る花

朝のひかりに
散る花は、
雀もとびくら
してくれよ。

日ぐれの風に
散る花は、
鐘《かね》がうたって

くれるだろ。
夜散る花は
誰とあそぶ、
夜散る花は
誰とあそぶ。

月のひかり

一

月のひかりはお屋根から、
明るい街《まち》をのぞきます。

なにも知らない人たちは、
ひるまのように、たのしげに、
明るい街をあるきます。

月のひかりはそれを見て、
そっとためいきついてから、
誰も貰《もら》わぬ、たくさんの、
影を瓦《かわら》にすててます。

それも知らない人たちは、
あかりの川のまちすじを、
魚のように、とおります。
ひと足ごとに、濃《こ》く、うすく、
伸《の》びてはちぢむ、気まぐれな、
電灯《でんき》のかげを曳《ひ》きながら。

二

月のひかりはみつけます、
暗いさみしい裏町を。

いそいでさっと飛び込んで、
そこのまずしい*みなし児《ご》が、
おどろいて眼《め》をあげたとき、
その眼のなかへもはいります。
　ちっとも痛《いた》くないように、
そして、そこらの*破《あば》ら屋が、

銀《ぎん》の、御殿《ごてん》にみえるよに。

子供はやがてねむっても、
月のひかりは夜あけまで、
しずかにそこに佇《た》ってます。
　こわれ荷《に》ぐるま、やぶれ傘《がさ》、
一本はえた草にまで、
かわらぬ影をやりながら。

＊みなし児……両親のいない子
＊破ら屋……荒屋《あばらや》。荒れはてた家

わらい

それはきれいな薔薇《ばら》いろで、
芥子《けし》つぶよりかちいさくて、
こぼれて土に落ちたとき、
ぱっと花火がはじけるように、
おおきな花がひらくのよ。

もしも泪《なみだ》がこぼれるように、
こんな笑いがこぼれたら、

どんなに、どんなに、きれいでしょう。

＊芥子つぶ……ケシの種子。小さいもののたとえ

灰《はい》

花咲爺《はなさかじい》さん、灰おくれ、
笊《ざる》にのこった灰おくれ、
私はいいことするんだよ。

さくら、もくれん、梨、すもも、
そんなものへは撒《ま》きゃしない、
どうせ春には咲くんだよ。

一度もあかい花咲かぬ、
つまらなそうな、森の木に、
灰のありたけ撒くんだよ。

もしもみごとに咲いたなら、
どんなにその木はうれしかろ、
どんなに私もうれしかろ。

＊花咲爺さん……お伽話《とぎばなし》に出てくる枯木《かれき》に花を咲かせた老人

犬

うちのだりあ*の咲いた日に
酒屋《さかや》のクロ*は死にました。

おもてであそぶわたしらを、
いつでも、おこるおばさんが、
おろおろ泣いて居《お》りました。

その日、学校《がっこ》でそのことを

おもしろそうに、話してて、
ふっとさみしくなりました。

＊だりあ……ダリアの花
＊クロ……犬の名前

杉《すぎ》の木

「母《かあ》さま私は何になる。」
「いまに大きくなるんです。」

杉《すぎ》のこどもは想《おも》います
（大きくなったらそうしたら
峠《とうげ》のみちの百合《ゆり》のよな
大きな花も咲《＊さ》かせよし
ふもとの藪《＊やぶ》のうぐいすの

やさしい唄《うた》も*おぼえよし……。）
「母さま、大きくなりました
そして私は何《なん》になる。」
杉の親木《おやき》はもういない
山が答《こた》えていいました
「母さんみたいな杉の木に。」

＊咲かせよし……咲かせたい
＊藪……雑草《ざっそう》や雑木《ぞうき》などの生えている所
＊おぼえよし……おぼえたい

さよなら

母《かあ》さま、母さま、待っててね、
とても私はいそがしい。
*うまやの馬に、鶏小屋《とりごや》の、
鶏と小ちゃなひよっこに、
みんなさよならしてくるの。

きのうの*木樵《きこり》に逢えるなら、

ちょいと山へもゆきたいな。
母さま、母さま、待っててね、
まだ忘れてたことがある。

町へかえればみられない、
みちのつゆくさ、＊蓼《たで》のはな、
あの花、この花、顔をみて、
ようくおぼえておきましょう。

母さま、母さま、待っててね。

＊うまや……馬を飼う小屋　＊木樵……山林の木を伐《き》ることを仕事にしている人
＊蓼……イヌタデ、ハナタデ、アナギタデなどの植物

雀《すずめ》の墓《はか》

雀の墓をたてようと、
「スズメノハカ」と書いたれば、

風が吹いたと笑われて、
だまって袂《*たもと》へいれました。

雨があがって、出てみたら、
どこへ雀を埋《う》めたやら、

しろいはこべの花ばかり。
「スズメノハカ」は、建《た》てもせず、
「スズメノハカ」は、棄《す》てもせず。

＊袂……着物の袖《そで》の下の部分で袋のようになった部分

赤《あか》土《つち》山《やま》

赤土山の赤土は、
売られて町へゆきました。

赤土山の赤松は、
足のしたから崩《くず》れてて、
かたむきながら、泣きながら、
お馬《ば》車《しゃ》のあとを見送った。

ぎらぎら青い空のした、
しずかに白いみちの上。
町へ売られた赤土の、
お馬車は遠くなりました。

このみち

このみちのさきには、
大きな森があろうよ。
ひとりぼっちの榎《えのき》よ、
このみちをゆこうよ。

このみちのさきには、
大きな海があろうよ。
蓮池《はすいけ》のかえろよ、

このみちをゆこうよ。

このみちのさきには、
大きな都があろうよ。
さびしそうな案山子《かかし》よ、
このみちを行こうよ。

このみちのさきには、
なにかなにかあろうよ。
みんなでみんなで行こうよ、
このみちをゆこうよ。

＊案山子……竹やわらなどで人の形をつくり、田原に立てて鳥やけものが作物に近づくのを防ぐもの

積った雪

上の雪
さむかろな。
つめたい月がさしていて。

下の雪
重かろな。
何百人ものせていて。

中の雪
さみしかろな。
空も地面《じべた》もみえないで。

橙畑《だいだいばたけ》

橙畑の橙の木は、
みんな伐《き》られた、その根も掘《ほ》られた、
ただの畑になるって話だ。

なにをつくるか知らないけれど
茄子《なすび》にゃぶらんこ掛《か》けられまいし
（てんと虫ならできようけれど）
豆で木登《きのぼ》りできるものか。

（ジャック*の豆なら知らないけれど。）

橙畑の橙の木は、
青い実のままみんな伐られた。
あそぶ処《ところ》がまた一つ減《へ》ったよ。

＊ジャック……イギリスの民話「ジャックと豆の木」の主人公

お月さんとねえや

私があるくとお月さんも歩く、
いいお月さん。

毎晩《まいばん》忘れずに
お空へくるなら
もっともっといいお月さん。

私が笑うとねえやも笑う、

いいねえや。

いつでも御用《ごよう》がなくて
あそんでくれるなら
もっともっといいねえや。

帆《ほ》

ちょいと
＊渚《なぎさ》の貝《かい》がら見た間に、
あの帆はどっかへ
行ってしまった。

こんなふうに
行ってしまった、
誰かがあった——

何かがあった――

＊渚……波の打ち寄せる所。波打ちぎわ

さみしい王女

つよい王子にすくわれて、
城へかえった、おひめさま。

城はむかしの城だけど、
薔薇《ばら》もかわらず咲くけれど、
なぜかさみしいおひめさま、
きょうもお空を眺めてた。

（魔法《まほう》つかいはこわいけど、
あのはてしないあお空を、
白くかがやく翅《はね》のべて、
はるか遠く旅してた、
小鳥のころがなつかしい。）

街《まち》の上には花が飛び、
城の宴《うたげ》はまだつづく。
それもさみしいおひめさま、
ひとり日暮《ひぐれ》の花園で、
真紅《まっか》な薔薇は見も向かず、

お空ばかりを眺めてた。

林檎《りんご》畑

七つの星のそのしたの、
誰も知らない雪国に、
林檎ばたけがありました。

垣《かき》もむすばず、人もいず、
なかの古樹《ふるき》の大枝《おおえだ》に、
鐘《かね》がかかっているばかり。

ひとつ林檎をもいだ子は、
ひとつお鐘をならします。

ひとつお鐘がひびくとき、
ひとつお花がひらきます。

七つの星のしたを行く、
*馬橇《ばそり》の上の旅びとは、
とおいお鐘をききました。

とおいその音をきくときに、

凍《こお》ったこころはとけました、
みんな泪《なみだ》になりました。

＊馬橇……馬に引かせて走る橇

万倍《まんばい》

世界中の王様の、
御殿《ごてん》をみんなよせたって、
その万倍もうつくしい。
――星で飾《かざ》った夜の空。

世界中の女王様の、
おべべをみんなよせたって、
その万倍もうつくしい。

――水に映《うつ》った朝の虹《にじ》。

星でかざった夜の空、
水にうつった朝の虹、
みんなよせてもその上に、
その万倍もうつくしい。
――空のむこうの神さまのお国。

みんなを好きに

私は好《す》きになりたいな、
何でもかんでもみいんな。

葱《ねぎ》も、トマトも、おさかなも、
残らず好きになりたいな。

うちのおかずは、みいんな、
母さまがおつくりなったもの。

私は好きになりたいな、
誰でもかれでもみいんな。

お医者《いしゃ》さんでも、烏《からす》でも、
残らず好きになりたいな。

世界のものはみィんな、
神さまがおつくりなったもの。

かたばみ

駈《か》けてあがった
お寺の石段。

おまいりすませて
降《お》りかけて、
なぜだか、ふっと、
おもい出す。

石のすきまの
かたばみ*の
赤いちいさい
葉のことを。
――とおい昔に
みたように。

*かたばみ……春から秋にかけて黄色の花をつけるカタバミ科の草

貝と月

*紺屋《こうや》のかめに
つかって、
白い糸は紺《こん》になる。

青い海に
つかって、
白い貝はなぜ白い。

夕やけ空に
そまって、
白い雲は赤くなる。

紺の夜ぞらに
うかんで、
白い月はなぜ白い。

＊紺屋……染め物屋

女王《じょおう》さま

あたしが女王さまならば
国中のお菓子屋《かしや》呼びあつめ、
お菓子の塔《とう》をつくらせて、
そのてっぺんに椅子《いす》据《す》えて、
壁《かべ》をむしって喰《た》べながら、
いろんな*お布令《ふれ》を書《か》きましょう。

いちばん先に書くことは、

「私の国に棲《す》*むものは
子供ひとりにお留守居《るすい》を
させとくことはなりません。」

そしたら、今日《きょう》の私のように
さびしい子供はいないでしょう。

それから、つぎに書くことは、
「私の国に棲むものは
私の毬《まり》より大きな毬を
誰も持つこと出来ません。」

そしたら私も大きな毬が
欲《ほ》しくなくなることでしょう。

＊お布令……御触れ、御布令。民衆に出す布告
＊棲む……住む

やせっぽちの木

森の隅《すみ》っこの木が云《い》うた。
「きれいな小さい駒鳥《こまどり》さん、
わたしの枝でも、おあそびな。」
高慢《こうまん》ちきな駒鳥は、
よその小枝で啼《な》いていた。
「あかい実《み》もない、花もない、

やせっぽちさん、お前には、
森の女王は呼べまいよ。」

（誰がきいてた、
誰か知ら、
きいてお空へ告《つ》げに行《い》た。）

高慢ちきな駒鳥が、
日ぐれにまた来てたまげたは、
やせっぽちの木、その梢《こずえ》、
黄金《きん》の木《こ》の実《み》が光ってた。

（まるい、十五夜《じゅうごや》お月さま。）

柘榴《ざくろ》の葉と蟻《あり》

柘榴の葉っぱに蟻がいた。
柘榴の葉っぱは広かった、
青くて、日蔭《ひかげ》で、その上に、
葉っぱは静《しず》かにしてやった。

けれども蟻は、うつくしい、
花をしとうて旅に出た。
花までゆくみち遠かった、

葉っぱはだまってそれ見てた。

花のふちまで来たときに、
柘榴の花は散っちゃった、
しめった黒い庭土《にわつち》に。
葉っぱはだまってそれ見てた。

子供がその花ひィろって、
蟻がいるのも知らないで、
握《にぎ》って駈《か》けて行っちゃった。
葉っぱはだまってそれ見てた。

*しとうて……慕って

不《ふ》思《し》議《ぎ》

私は不思議でたまらない、
黒い雲からふる雨が、
銀《ぎん》にひかっていることが。

私は不思議でたまらない、
青い桑《くわ》の葉たべている、
蚕《かいこ》が白くなることが。

私は不思議でたまらない、
たれもいじらぬ夕顔《ゆうがお》が、
ひとりでぱらりと開《ひら》くのが。

私は不思議でたまらない、
誰にきいても笑ってて、
あたりまえだ、ということが。

雪

誰も知らない野の果《はて》で
青い小鳥が死にました
　さむいさむいくれ方に

そのなきがらを埋《う》めよとて
お空は雪を撒《ま》きました
　ふかくふかく音もなく

人は知らねど人里の
家もおともにたちました
　しろいしろい＊被衣《かつぎ》着《き》て

やがてほのぼのあくる朝
空はみごとに晴れました
　あおくあおくうつくしく

小《ち》さいきれいなたましいの
神さまのお国へゆくみちを
　ひろくひろくあけようと

＊被衣……かずき、衣被《きぬかずき》。顔をかくすために被ったうす絹や衣

赤い靴

空はきのうもきょうも青い、
路《みち》はきのうもきょうも白い。

溝《みぞ》のふちにも花が咲いた、
小《ち》さいはこべの花が咲いた。

坊やもべべが*かろくなって、
一足《ひとあし》、二足《ふたあし》、あるき出した。

一足踏んでは得意《とくい》そうに、
笑う、笑う、声を立てて。
買ったばかしの赤い靴で、
坊や、あんよ、春が来たよ。

＊かろく……軽く

御殿《ごてん》の桜

御殿の庭の八重《やえ》ざくら、
花が咲かなくなりました。
御殿のわかい殿《との》さまは、
町へおふれを出しました。

青葉《あおば》ばかりの木の下で、
剣術《けんじゅつ》つかいがいいました。
「咲かなきゃ切ってしまうぞ。」と。

町の踊《おど》り子はいいました。
「私の踊りみせたなら、
笑ってすぐに咲きましょう。」

*手品《てづま》つかいはいいました。
「牡丹《ぼたん》、芍薬《しゃくやく》、芥子《けし》の花、
みんな此《こ》の枝へ咲かせましょ。」

そこで桜がいいました。
「私の春は*去《い》にました、
みんな忘れたそのころに、

私の春がまた来ます。
そのときこそは、咲きましょう、
わたしの花に咲きましょう。」

＊手品つかい ……手妻遣い、手品師、マジシャン
＊去にました ……去りました

巻末手記《かんまつしゅき》

——できました、
できました、
かわいい詩集ができました。

我とわが身に訓《おし》うれど、
心おどらず
さみしさよ。

夏暮れ

秋もはや更けぬ、
針《はり》もつひまのわが手わざ、
ただにむなしき心地《ここち》する。

誰に見しょうぞ、
我さえも、心足《た》らはず
さみしさよ。

（ああ、ついに、
登り得ずして帰り来《こ》し、

山のすがたは
雲に消ゆ。）

とにかくに
むなしきわざと知りながら、
秋の灯《ともし》の更くるまを、
ただひたむきに
書きて来し。
明日《あす》よりは、
何を書こうぞ

さみしさよ。

＊訓うれど……言いきかしても

金子みすゞ略年表

年号（西暦）	年齢	事項
明治三十六年（一九〇三）	〇歳	四月十一日、山口県大津郡仙崎村（現長門市仙崎）に生まれる。父金子庄之助、母ミチ。本名テル。
明治三十八年（一九〇五）	二歳	弟正祐生まれる。この頃、父庄之助、ミチの妹フジの嫁ぎ先である、下関の書肆上山文英堂の清国営口支店長として、清国に赴任。
明治三十九年（一九〇六）	三歳	父庄之助、清国営口で死亡。
明治四十年（一九〇七）	四歳	弟正祐、叔母フジ夫妻の養子となる。
明治四十三年（一九一〇）	七歳	瀬戸崎尋常小学校入学。
大正五年（一九一六）	十三歳	瀬戸崎尋常小学校卒業。郡立大津高等女学校（現山口県立大津高等学校）入学。校友誌『ミサヲ』に作品を発表し始める。
大正八年（一九一九）	十六歳	母ミチ、フジ（故人）の夫で、上山文英堂店主の上山松蔵と再婚、金子家を離れる。

大正九年（一九二〇）	十七歳	郡立大津高等女学校卒業。
大正十二年（一九二三）	二十歳	下関に移り住み、母と共に暮らすようになる。上山文英堂書店の支店で働き始める。六月頃、「金子みすゞ」として童謡を執筆、雑誌への投稿を始める。以降、昭和三年までに、五十六編の作品を発表する。
大正十四年（一九二五）	二十二歳	自選詩集『琅玕集』の編纂を始める。
大正十五年・昭和元年（一九二六）	二十三歳	二月、上山文英堂の番頭格であった宮本啓喜と結婚。十一月十四日、長女ふさえ生まれる。啓喜はみすゞに作品の投稿や詩人仲間との文通を禁ずる。また放蕩で、女性問題から上山文英堂を追われることとなる。
昭和四年（一九二九）	二十六歳	長女ふさえの言葉を書き留めた『南京玉』の執筆を始める。
昭和五年（一九三〇）		二月、夫宮本啓喜と離婚。啓喜はふさえの親権を要求。三月十日、ふさえを母に託す遺書を遺し、服毒自殺。享年二十六歳。
昭和五十七年（一九八二）		弟上山雅輔（正祐）のもとに保管されていた、五一二編の作品を収録した三冊の遺稿集が発見される。

〔著者紹介〕

金子みすゞ

明治36年(1903)、山口県大津郡仙崎村(現長門市仙崎)に生まれる。本名テル。大正12年(1923)、雑誌への童謡の投稿を始め、『童話』『婦人倶楽部』『婦人画報』『金の星』の四誌で一斉に投稿作が掲載されるという鮮烈なデビューを果たす。西條八十から「若き童謡詩人の中の巨星」と絶賛され、大正末期から昭和初期にかけてめざましい活躍をみせる。
昭和5年(1930)死去。享年26歳。その後作品は散逸するが、死後約半世紀経過した昭和57年(1982)、遺稿集が発見され、埋もれていた作品が世に知られることとなる。

こだまでしょうか、いいえ、誰でも。
金子みすゞ詩集百選

2011年 5月 1日 第 1刷発行
2021年 1月30日 第10刷発行

著　者　金子みすゞ
発行者　宮下玄覇
発行所　MPミヤオビパブリッシング
〒160-0008
東京都新宿区四谷三栄町11-4
電話(03)3355-5555
発売元　株式会社宮帯出版社
〒602-8157
京都市上京区小山町908-27
電話(075)366-6600
http://www.miyaobi.com/publishing/
振替口座 00960-7-279886
印刷所　モリモト書籍印刷株式会社
定価はカバーに表示してあります。落丁・乱丁本はお取替えいたします。
本書は『新装版 金子みすゞ全集』(JULA出版局)を底本としました。
編集にあたり、旧字体旧かなづかいは新字体新かなづかいに改め、ルビおよび注を補いました。

ISBN978-4-86366-099-1 C0292